Marcel Aymé

La Fabrique

et autres nouvelles

FOLIO JUNIOR/**GALLIMARD** JEUNESSE

La Fabrique

Il y avait dans la ville de Blémont, rue de la Ferronnerie, une petite fille de six ans prénommée Valérie qui se rongeait les ongles. Elle habitait avec ses parents une maisonnette neuve qui avait remplacé la vieille masure détruite par le bombardement de 1944. Un soir qu'il était venu dîner, son oncle Alfred lui dit :

– Si dans quinze jours tes ongles n'ont pas commencé à repousser, ce n'est pas la peine de mettre tes souliers dans la cheminée. Noël ne viendra pas.

Valérie fit un grand effort de volonté et bientôt, à la surprise des parents, ses ongles se mirent à pousser. Le matin du 24 décembre, à quatre heures et demie, alors qu'il faisait encore nuit noire, elle s'éveilla les doigts dans la bouche et, saisie d'un pressentiment, put vérifier que pendant son sommeil, elle avait rongé presque tous ses ongles. Elle eut un mouvement de retraite comme pour échapper à la triste réalité et croyant s'enfoncer sous ses couvertures, elle s'enfonça dans la nuit des temps et de cent vingt ans en arrière, en sorte qu'elle se retrouva en 1845 au même endroit, non pas dans la maison de ses parents, mais dans celle qu'avait détruite le bombardement.

L'emplacement de sa chambre était à peu de chose près celui de l'unique pièce qu'habitaient alors les Gaigneux. La lune, brillant sur les toits enneigés et les jardins d'en face, éclairait faiblement la pièce. Valérie se trouvait auprès d'un lit dans lequel, couchés tête-bêche, elle finit par distinguer six personnes. Côté tête reposaient Gaigneux et sa femme avec entre eux deux le plus jeune de leurs quatre enfants, Hippolyte, un garçon de cinq ans, étendu tout habillé sous la mince couverture, les yeux brillants et grands ouverts dans un mince petit visage blême. Gaigneux, bien qu'il eût les paupières fermées, ne dormait pas non plus et Valérie l'entendait penser. Il était en train de réfléchir qu'Hippolyte n'avait sûrement pas trois jours à vivre et qu'à tout prendre, mieux valait qu'il mourût dans les vingt-quatre heures. Ainsi l'enterrerait-on le jour de Noël, qui était chômé, et ne perdrait-on pas une journée de travail. On aurait beau faire, cet enterrement-là coûterait de l'argent. Pour la fosse, bien sûr, il la creuserait lui-même.

Quant au cercueil, si léger fût-il, c'était au moins une pièce de cent sous, sans compter que la mère voudrait le faire passer à l'église, pas pour une messe, bien sûr, mais un bout de prière, un coup d'eau bénite, on ne s'en tirerait pas à moins de quarante sous. Il se souvint tout à coup d'un tas de vieilles planches qui traînaient dans un coin de la cour de la fabrique et il se promit d'en distraire quelques-unes pour son usage. Il en était là de ses réflexions lorsque l'aîné de ses enfants, Léonard, un garçon de douze ans, né idiot, couché la tête à l'autre bout du lit, le saisit par la jambe. D'un vigoureux coup de pied qui porta au ventre, Gaigneux le rappela au respect filial. L'idiot poussa un gémissement et lâcha prise sans s'éveiller. La pensée du père se fixa avec amertume sur ces deux garçons-là, l'aîné et le plus jeune, qui lui valaient si peu d'honneur et de profit. Encore l'idiot était-il d'une constitution robuste qui faisait dire aux voisins : « Allez, la tête n'y est pas, mais il sera diablement fort. » A l'égard d'Hippolyte, malgré la pitié que lui inspirait son état, Gaigneux ne pouvait se défendre d'un sentiment de rancune en se rappelant l'accueil de Giraudin, l'homme de confiance du directeur, le jour où il avait amené l'enfant à la fabrique. « Ton gamin, il m'a l'air bien chétif, avait-il dit, tu ne me feras jamais croire qu'il a cinq ans. »

Et comme le père, devenu rouge, regardait la pointe de ses sabots, il avait ajouté avec bonté : « Tiens, pour te faire plaisir, je le prends tel qu'il est à trois sous par jour et s'il travaille bien, il aura cinq sous comme son frère. Mais entre nous, il ne tiendra pas. »

Valérie essaya d'entendre ce que pensait Hippolyte, mais sans pouvoir le comprendre. A vrai dire, il ne pensait pas, plongé qu'il était dans une contemplation harassante, celle d'une journée de travail à la fabrique, qui allait commencer dans la nuit à six heures du matin pour se terminer dans la nuit à sept heures du soir. Il savait qu'il allait mourir comme étaient morts en ces deux derniers mois ses petits compagnons de travail Alexandre et Joseph, mais ce n'était pas la mort qui l'effrayait. Non, Valérie ne pouvait vraiment pas comprendre ce que représentait pour lui l'étendue de cette longue journée d'atelier.

La mère se leva la première, passa sur sa chemise et son jupon une jupe et un caraco et jeta un fichu sur ses épaules. Il devait faire très froid et Valérie s'avisa qu'elle n'en éprouvait pas la sensation, bien qu'elle fût vêtue d'un simple pyjama. La Gaigneux, ainsi l'appelaient les voisins sans nulle intention péjorative, était une petite femme de vingt-neuf ans qui avait déjà l'air d'une vieille. Elle alluma le feu dans la cheminée sous une marmite pendue à la crémaillère et sortit pour aller chercher un seau à la fontaine distante d'une centaine de mètres. A son retour, elle plaça une bûche sur le foyer et ajouta une casserolée d'eau dans la marmite. De la place où il reposait, Hippolyte ne pouvait apercevoir le feu, mais il en suivait sur le mur et sur le plafond la clarté dansante. Parfois une flamme plus haute illuminait la pièce, enveloppant tout à coup la mère qui retrouvait fugitivement les prestiges et les pouvoirs perdus depuis qu'il était entré à la fabrique.

A cinq heures et quart, ayant posé la marmite sur la table et allumé la lampe à huile, la Gaigneux appela tout le monde à se lever et vint prendre Hippolyte dans le lit.

– Il a les mains chaudes, fit-elle observer. Je me demande si on ne ferait pas bien de le garder ici.

– J'aime mieux qu'il aille à la fabrique, répondit Gaigneux. Il aura moins froid là-bas et demain Noël, il aura le temps de se reposer.

Elle se laissa convaincre, car elle craignait de laisser l'enfant seul en compagnie de l'idiot qui pouvait le brutaliser. Soulevant Hippolyte dans ses bras, elle l'emmena dans la lumière de la lampe pour le regarder. Les traits du petit visage blême lui paraissaient plus tirés que la veille, les yeux clairs longuement cernés de bleu brillaient d'un éclat inhabituel, mais le rose qui colorait les pommettes la rassura autant qu'il était possible. Elle non plus n'ignorait pas que l'enfant était perdu. Toutefois, n'ayant pas le sûr coup d'œil de son mari ni son habitude de suivre sur les visages des enfants de la fabrique les progrès de l'épuisement, elle croyait encore le garder un mois ou deux.

S'étant à son tour approchée de la table, Valérie se fut bientôt convaincue qu'elle passait inaperçue aux regards de tous, sauf à celui de Léonard l'idiot qui avait fort bien remarqué sa présence et, à chacune de ses tentatives pour la pincer ou lui porter un coup, s'étonnait de ne rencontrer que le vide. Le père et les enfants étaient tous levés et habillés. Aristide, un garçon de sept ans, qui travaillait aussi à la fabrique, regardait Hippolyte avec une inquiète sollicitude. Il avait remarqué que les poignets de son jeune frère, ordinairement si menus, étaient ce matin très enflés et il voyait là un signe redoutable. Un moment, il hésita s'il ferait part de sa découverte aux parents, mais à quoi bon ? Il les voyait à ce point abrutis de travail et de misère qu'il crut deviner chez eux une sorte de connivence avec la mort.

– Cet après-midi on va préparer l'arbre de Noël à la lingerie, dit Hortense en mangeant sa soupe.

Hortense, qui avait dix ans, était placée chez le notaire où elle aidait à la cuisine et aux travaux du ménage. Non rétribuée, mais nourrie à midi et le soir, elle était entrée dans la maison sur la recommandation de la cuisinière, cousine éloignée du père. Ayant été à l'école jusqu'à l'âge de huit ans, elle était seule de la famille à savoir à peu près lire et écrire. Deux ans de bonne nourriture l'avaient déjà si bien transformée que parmi les siens, elle avait l'aspect d'une étrangère, et l'habitude de vivre dans l'atmosphère de luxe inouï de cette maison notariale où il y avait salle à manger, salon et trois chevaux à l'écurie, l'avaient secrètement détachée du foyer paternel. Ses bavardages vaniteux, empreints d'un respect admiratif pour la vie confortable de ses maîtres étaient supportés avec impatience. Pourtant, ce matin-là, Hippolyte l'écoutait volontiers. A la fabrique, on disait que le jour de Noël, l'enfant Jésus descendait par la cheminée dans les maisons des enfants riches et il aimait entendre parler de ces aimables visites.

– Mange ta soupe, dit la mère, ça va te réchauffer.

Hippolyte secoua la tête. Il n'avait pas faim. Aristide, lui, mangeait de bon appétit et, après avoir avalé sa soupe, mordait à belles dents dans son morceau de pain sec. Il aurait voulu pouvoir expliquer à son frère comment lui aussi, vers la fin de l'année dernière, se voyant engagé sur la mauvaise pente, avait réussi à force de ruse et de volonté à tromper la mort et à se tirer d'affaire pour toujours, mais les paroles ne pouvaient rien livrer de son expérience, pas même une indication pour le malade. Lorsque la demie de cinq heures sonna au clocher de Saint-Euloge, les deux garçons se mirent en route. La Gaigneux, qui faisait des lessives, ne commençait son travail qu'à six heures et demie, Hortense à sept heures et c'était elle qui avait la charge de boucler l'idiot à l'intérieur de la pièce. Pour le père qui avait de grandes jambes, il quittait la maison dix minutes après ses fils et arrivait toujours avant eux à la fabrique, distante d'un kilomètre et demi.

Valérie, qui avait suivi les deux frères, observa que ses pieds n'enfonçaient pas dans la neige et n'y laissaient aucune trace. Quoique son aîné le tînt par le bras, Hippolyte marchait difficilement et bientôt, il commença à s'essouffler. Ses sabots étaient lourds de neige, sa pèlerine pesait à ses épaules et il trébuchait presque à chaque pas. Croyant pouvoir respirer plus librement, il avait desserré le bas de laine que lui avait noué sa mère autour du cou, mais il était de plus en plus haletant. Après trois cents mètres de marche, il fut secoué par une quinte de toux plus longue que les autres et qui le laissa épuisé. Aristide se demanda s'il devait le ramener à la maison, mais il lui sembla qu'en poursuivant la route, il proposait à son frère une épreuve de volonté qui pouvait être salutaire. Le prenant à califourchon sur son dos, il s'engagea dans la rue Château-Clément qui aboutissait à l'une des sorties de la ville. Mais la rue avait de la pente et ses sabots glissaient sur la neige tassée et durcie par le gel. Des enfants qui se rendaient à la fabrique le dépassaient à chaque instant. Après avoir ainsi cheminé quatre cents mètres, il était, lui aussi, exténué. Il fit mettre pied à terre Hippolyte et lui demanda de marcher un instant pour lui permettre de reprendre haleine. Hippolyte fit une tentative, mais après quelques pas, vacillant, à bout de souffle, il lui fallut s'arrêter.

Ils étaient au carrefour de Rieu, à mi-chemin de la maison et de la fabrique. Au coin de la rue d'Aubray, Aristide alla à une voiture chargée de sacs de farine et tirée par deux chevaux attelés en flèche.

– Hé, l'homme ! Est-ce que vous allez à la fabrique ? demanda-t-il.

– Non, répondit le charretier, je prends par le pont. Je vais livrer à Saint-Sorlay.

– C'est à cause de mon frère, insista Aristide. Il ne va pas bien.

Le charretier descendit de voiture, prit sa lanterne et l'accompagna jusqu'à un rectangle d'ombre que projetait une maison sur le carrefour éclairé par la lune. Hippolyte était assis sur la neige, la tête ballante. Le charretier le souleva d'une seule main, l'assit sur son bras et l'examina à la lumière de sa lanterne.

– C'est vrai qu'il n'a pas bonne mine et qu'il n'est pas lourd. Qu'est ce qu'il va faire à la fabrique ?

– Comme moi. Il va travailler.

L'homme eut un juron et dit avec colère :

– Vierge mère, je vous le demande, à quoi pense le bon Dieu ?

Il emporta Hippolyte à la voiture, l'assit sur le siège auprès de lui et fit monter Aristide. Valérie, sans avoir besoin de courir, suivait le lourd véhicule qui s'en allait à la fabrique au train d'un simple piéton.

A six heures, Hippolyte était au pied de son tabouret, devant la longue table de triage qu'éclairaient des quinquets. Aristide travaillait dans un autre atelier à la mise en paquet des aiguilles. Dehors, la nuit était noire et on n'éteindrait pas les quinquets avant neuf heures, car pour la manipulation des aiguilles, on ne pouvait se contenter d'un demi-jour. Les ateliers n'étant pas chauffés, il y faisait très froid et il était permis de garder sa pèlerine, mais en dégrafant le col pour que les mouvements ne fussent pas gênés. Ceux des enfants qui étaient assez grands pour monter seuls sur leurs tabourets avaient déjà pris place. M. Drias, le surveillant, saisit Hippolyte à la taille, l'assit sur son siège et, prenant sur le milieu de la table une grande coupe pleine d'aiguilles, la renversa devant lui. Malgré la fièvre et la fatigue, l'enfant se mit au triage aussitôt. Par cinq ou six à la fois, il faisait rouler les aiguilles sous ses petits doigts avec légèreté et décelait d'un sûr coup d'œil celles qui avaient un défaut, déposant les bonnes dans une écuelle, les mauvaises dans une autre. Celles-ci faisaient ensuite de la part du voisin d'en face, un grand gaillard de huit ans nommé Philibert Anglat, l'objet d'un second triage, les unes épointées ou tordues étant récupérables, les autres destinées à la refonte à cause d'un défaut du chas ou d'une malformation. Anglat, à cause de ses gros doigts et d'une légère myopie, n'avait pas à beaucoup près l'habileté et le coup d'œil aigu d'Hippolyte à qui il en voulait de sa supériorité.

Après une heure de travail, Hippolyte sentit venir déjà l'affreuse lassitude et la tentation de tout abandonner, qui ordinairement l'assaillaient vers le milieu de la matinée et qu'il avait jusqu'alors surmontées. Valérie, qui se tenait auprès de lui, anxieuse et effrayée, vit tout à coup son buste plonger sur la table et sa tête tomber dans l'arrondi de son bras. De la main, Anglat fit un grand geste pour attirer l'attention du surveillant sur son vis-à-vis. Lorsqu'un enfant se trouvait ainsi surpris à dormir sur la table, l'usage était d'envoyer promener le tabouret d'un coup de pied afin que le délinquant fût précipité à terre. Le surveillant ne put s'y résoudre et, sachant où en était Hippolyte dont il voyait la résistance à la fatigue diminuer de jour en jour, il se contenta d'une claque sur la tête, non sans s'être assuré auparavant que le directeur ou quelqu'un de son entourage n'était pas à proximité.

– Gaigneux, dit-il d'une voix menaçante, tu n'es pas là pour te reposer. Au travail, mon garçon. A sept heures du matin, on n'a pas l'excuse d'être fatigué.

Il s'éloigna aussitôt, sans vouloir s'assurer que le coupable se redressait. Hippolyte sentit la gifle, eut conscience d'être pris en flagrant délit, mais fut près d'une minute avant de pouvoir relever la tête. Sa première pensée fut de se remettre an travail, mais aveuglé par les larmes et n'ayant pas encore retrouvé l'assurance de ses mouvements, sa main se posa lourdement sur le tas d'épingles. Valérie poussa un cri que personne ne pouvait entendre. L'enfant avait l'intérieur de la main droite hérissé d'aiguilles qu'il arrachait avec la gauche. La souffrance le tira de sa torpeur et lui rendit la volonté et la force de reprendre la besogne avec une attention lucide. En face de lui, Anglat ricanait :

– Après ça, on viendra me dire qu'il est plus adroit que moi !

– Moi, personne n'a besoin de reprendre mon travail derrière moi, répliqua Hippolyte à sa propre surprise.

– Ton travail, on n'a plus longtemps à le voir parce que tout le monde le dit, tu vas crever, oui mon vieux, crever. T'iras pas jusqu'à la fin de la semaine et ce sera un bon débarras.

Les petits voisins d'Hippolyte le regardèrent avec un peu de curiosité, mais sans se laisser distraire de leur travail. Irrité par les paroles d'Anglat, par ce qu'il y sentait de volonté malfaisante, il trouva encore assez de souffle pour répondre d'une voix ferme :

– Ça se peut que je crève cette semaine, mais ce qui est sûr, c'est que toi, tu crèveras avant moi. Y a qu'à voir la tête que tu as.

La réponse était si inattendue que les voisins éclatèrent de rire en regardant Anglat qui fut pris tout à coup de la peur de mourir et se mit à pleurer avec de hauts cris. Le surveillant, qui était à l'autre bout de l'atelier, accourut aussitôt. Comme Anglat ne se calmait pas, il le gifla d'une main rude et le menaça de l'enfermer dans le cabinet noir avec les rats. On y mettait pour une heure ou deux les enfants qui se rendaient coupables d'un acte d'indiscipline, ce qui était rare, ce petit monde étant généralement très docile, ou ceux qui étaient surpris à voler des aiguilles pour les vendre au-dehors. Épouvanté, Anglat se tut, mais toute la matinée, il devait, pâle et tremblant, travailler avec l'idée de la mort qui le guettait.

Lorsque sonna la cloche de midi, les enfants, y compris les plus petits qui n'avaient pu les escalader, descendirent de leurs tabourets. Hippolyte, lui, ne le pouvait pas et demeura seul en face d'Anglat qui le regardait d'un œil craintif.

– Gaigneux, dit-il d'une voix implorante, ce n'est pas vrai ? Je ne vais pas mourir ?

– Si, répondit simplement Hippolyte.

Les larmes inondèrent le visage d'Anglat qui ne pensait pas à quitter son siège. Cependant, Aristide venait d'entrer dans l'atelier pour aider son frère à descendre du tabouret. Voyant les pleurs d'Anglat, il voulut en connaître la cause.

– Il m'a dit que j'allais crever, murmura Hippolyte. Je lui ai dit qu'il y passerait avant moi.

Les yeux d'Aristide flambèrent. Se tournant vers Anglat, il lui dit avec une feinte compassion :

– Mon pauvre Philibert, on n'aurait pas dû t'en parler, mais c'est vrai que t'es foutu. T'as déjà les fleurs de la mort marquées sur la figure.

Les fleurs de la mort firent grande impression à Anglat qui se remit à pousser des cris. Les deux frères s'éloignèrent au petit pas d'Hippolyte qui se plaignit d'avoir mal en montrant sa main droite. Elle était maintenant très enflée et bleuie par le froid. Aristide, effrayé, alla trouver son père dans le préau où les ouvriers, grands et petits, prenaient leur repas de midi. Quelques-uns, ceux qui habitaient les maisons de la ville les moins éloignées prenaient le temps d'aller jusque chez eux. La plupart mangeaient sur place les provisions qu'ils avaient apportées. Gaigneux laissa Aristide à la garde du sac contenant leur repas et s'en alla trouver le concierge avec l'enfant dans les bras. Un haut mur séparait la cour de la fabrique d'une autre cour, celle de la maison d'habitation du patron. Les concierges occupaient, dans l'angle du mur et de la grille d'entrée, un pavillon de deux pièces. Gaigneux fut d'abord mal reçu. Le concierge, un ancien gendarme, avait pour ligne de conduite de tenir les ouvriers à distance. A cause de la main enflée, il finit par céder, mais de mauvaise grâce. Dans la cuisine, pendant qu'Hippolyte baignait sa main dans une décoction de plantes émollientes, Gaigneux regardait par l'une des fenêtres l'autre cour où trois enfants bien vêtus jouaient à se battre à coups de boules de neige. M. Davin, le patron, surgit au milieu de la bataille et après avoir essuyé quelques boules de neige, souleva dans ses bras une petite fille de cinq à six ans. L'ancien gendarme s'attendrit.

– C'est un homme qui adore ses enfants.

– Remarquez que moi aussi, dit Gaigneux sans prendre le temps de réfléchir.

Le concierge le toisa avec commisération et ironie. Comme si on pouvait comparer. Gaigneux lui-même sentit que la quiétude et le confort haussaient le sentiment paternel à un plan où le sien n'atteindrait jamais. Avec gêne, il entreprit l'ancien gendarme sur le tas de planches qui se trouvait à l'autre bout de la cour. On convint qu'il en emporterait ce qu'il lui fallait et qu'il ne lui en coûterait que douze sous. En regagnant le préau avec Hippolyte qu'elle n'avait pas quitté, Valérie aperçut le tas de vieilles planches auprès des écuries et son cœur se serra. Aristide et son père, après avoir mangé leurs pommes de terre et leur pain frotté de lard se partagèrent la part d'Hippolyte qui ne pouvait rien avaler. Quelques minutes avant l'heure de la reprise du travail, M. Davin pénétra dans le préau en compagnie de Monsieur le Curé. Il annonça qu'aujourd'hui, veille de Noël, les ateliers fermeraient non pas à sept heures, mais à cinq heures et demie. Saisissant l'occasion, Monsieur le Curé rappela aux ouvriers pourquoi Jésus était mort en croix et les exhorta à remplir leurs devoirs de chrétiens.

– Et vous, chers petits enfants, braves petits ouvriers qui travaillez comme de vrais hommes, sachez-le, il n'est pas trop tôt pour prendre l'habitude du bon Dieu. Vous êtes trop jeunes pour avoir reçu déjà l'instruction chrétienne qui plus tard vous consolera et vous guidera dans les chemins de la vie. Pour le moment, tout votre devoir de chrétien consiste à bien aimer vos chers parents et à vous acquitter consciencieusement du travail qui, grâce au bon Dieu, vous assure chaque jour votre pain quotidien. Allez, mes enfants. Allez, mes chers petits.

Il avait la voix d'un brave homme et souriait avec une grande bonté à ses chers petits qui se sentaient réconfortés et animés d'une ardeur nouvelle au travail. Les ouvrières, grandes sœurs et mères de famille, ne cachaient pas leur attendrissement qui, chez certaines, allait jusqu'aux larmes. M. Davin, lui aussi, souriait avec bonté. Lorsque le préau fut vide, il emmena le curé chez lui où ils devaient déjeuner avec d'autres invités.

L'après-midi fut pour Hippolyte plus pénible qu'elle n'avait jamais été. Non seulement sa main le faisait souffrir, mais il avait mal au dos, à la poitrine et dans tout le corps. Le moindre mouvement, le moindre effort lui était un supplice. Valérie, qui ne l'avait pas quitté, se désespérait de ne rien pouvoir faire pour lui. Il travaillait de la main gauche, non sans difficulté, et à chaque instant piquait du nez sur la table. Le surveillant le surprit plusieurs fois dans cette position et le releva doucement sans lui faire de remontrance. De l'autre côté de la table, Anglat, le visage blême, crispé, le regard fixe, ne pensait guère à son travail. Après lui avoir fait plusieurs réprimandes, le surveillant se vit obligé d'opérer une retenue d'un sou sur son salaire qui était de cinq sous par jour.

Vers quatre heures et demie, M. Davin, sortant de table, entra dans l'atelier avec deux convives à qui il faisait visiter la fabrique. Le surveillant s'affola en voyant Hippolyte courbé sur la table, la tête dans ses bras. Le regard de M. Davin se portait justement de ce côté-là. Le surveillant ne pouvait plus se permettre d'hésiter. A grands pas, il franchit la distance qui le séparait du coupable et donna un coup de pied dans le tabouret. M. Davin, souriant, expliqua à ses hôtes ce qui s'était passé et traversa l'atelier sans s'y arrêter davantage. Hippolyte était étendu sur le dos, haletant et se mordant les lèvres pour ne pas crier. Le surveillant se mit à quatre pattes et, penché sur le petit visage, voulut savoir si la chute avait eu des conséquences sérieuses. N'obtenant pas de réponse, il palpa le squelette à travers les vêtements et lorsqu'il appuya sur le bas de la colonne vertébrale, Hippolyte poussa un cri. Ayant dénudé la partie sensible, l'homme découvrit une plaie noirâtre, de la largeur de deux doigts, mais ne datant pas d'aujourd'hui. C'était simplement une de ces escarres assez courantes parmi les jeunes enfants qui restaient assis onze heures par jour sur des sièges de bois. Le surveillant remit le garçon sur son tabouret, le buste couché sur la table, l'avertissant toutefois qu'il retenait un sou sur sa paie.

A cinq heures et demie, lorsque la cloche sonna pour la sortie des ouvriers, Hippolyte fit l'effort de se redresser. Comme à midi, il se trouva seul en face d'Anglat qui le regardait avec les mêmes yeux suppliants.

– Gaigneux, je ne veux pas mourir. Gaigneux ?

Hippolyte le considéra un moment en silence et finit par répondre d'une voix éteinte :

– Non, toi tu ne mourras pas.

Anglat sanglotait de bonheur et de gratitude lorsque Aristide vint chercher son frère. Celui-ci, au lieu de répondre à la question que lui posait l'aîné sur son état de santé, lui dit à voix basse :

– Je veux voir l'arbre de Noël.

Les ouvriers avaient tous quitté la fabrique. Anglat portant Hippolyte sur son dos, traversait la cour en compagnie d'Aristide. La nuit était presque tombée. Valérie marchait à la gauche d'Anglat avec l'espoir de cacher aux deux frères la vue des écuries, mais le bruit alerta Aristide. Il s'approcha du tas de planches et vit, sur la neige, celles que le père était en train de mettre de côté. C'étaient des planches courtes, n'ayant pas plus de quatre pieds de long.

– Vous rentrez à la maison ? demanda Gaigneux qui parut gêné.

Devinant tout à coup la destination des planches, Aristide tourna le dos sans répondre et se mit à chantonner afin de chasser tout soupçon de l'esprit de son frère. Gaigneux regarda les enfants s'éloigner dans la nuit et songea qu'il économisait tout de même une pièce de cent sous, de quoi faire manger les siens pendant près d'une semaine.

Après quelques minutes de marche, Hippolyte n'avait plus la force de tenir ses bras serrés autour du cou d'Anglat et tombait en arrière. Les garçons durent, à tour de rôle, le porter dans leurs bras. Lorsqu'ils arrivèrent à la maison du notaire, ils trouvèrent ouverte la porte de la grille et se glissèrent dans la cuisine. Adrienne, la cuisinière, une vieille cousine de Gaigneux, fut bouleversée à la vue d'Hippolyte respirant à peine et la tête roulant de droite et de gauche, mais elle entendit la voix de Madame Legrain, la femme du notaire, qui semblait s'approcher de la cuisine.

– Partez, dit-elle, partez vite. Madame ne comprendrait pas que des petits pauvres soient entrés dans la maison.

Aristide et Anglat, suivis de Valérie, et toujours portant Hippolyte prirent le chemin de la rue de la Ferronnerie. Ayant retiré sa pèlerine, Anglat en avait enveloppé les jambes de son petit compagnon de travail. Soudain, alors qu'ils étaient à une vingtaine de mètres de sa maison, Aristide s'arrêta. Il entendait retentir des coups de marteau et Hippolyte, à voix basse, dit à son aîné :

– C'est papa qui cloue mon arbre de Noël.

Valérie se retint de pousser un cri, mais saisissant Hippolyte par la main, elle réussit au prix d'un immense effort à reprendre pied dans le temps qu'elle avait quitté. Le matin de Noël, elle s'éveilla donc dans sa chambre, tenant toujours la main du garçon dans la sienne. Le jour pointait à peine quand elle se leva et entraîna Hippolyte dans la salle à manger. Là, elle lui donna son arbre de Noël et tous les jouets qui s'y trouvaient accrochés. Lorsque les parents firent leur entrée, elle alla les embrasser et voulut leur annoncer que Noël lui avait apporté un frère de cinq ans, mais comme elle se retournait pour leur présenter Hippolyte, elle vit qu'il n'y avait personne. Alors, Valérie se mit à pleurer et à toutes les questions des parents, ne répondit que par des sanglots. Alors le père se fâcha.

– Les gosses de maintenant sont impossibles, s'écria-t-il. On irait leur chercher la lune qu'ils ne seraient encore pas contents.

LE PROVERBE

Dans la lumière de la suspension qui éclairait la cuisine, M. Jacotin voyait d'ensemble la famille courbée sur la pâture et témoignant, par des regards obliques, qu'elle redoutait l'humeur du maître. La conscience profonde qu'il avait de son dévouement et de son abnégation, un souci étroit de justice domestique, le rendaient en effet injuste et tyrannique, et ses explosions d'homme sanguin, toujours imprévisibles, entretenaient à son foyer une atmosphère de contrainte qui n'était du reste pas sans l'irriter.

Ayant appris dans l'après-midi qu'il était proposé pour les palmes académiques, il se réservait d'en informer les siens à la fin du dîner. Après avoir bu un verre de vin sur sa dernière bouchée de fromage, il se disposait à prendre la parole, mais il lui sembla que l'ambiance n'était pas telle qu'il l'avait souhaitée pour accueillir l'heureuse nouvelle. Son regard fit lentement le tour de la table, s'arrêtant d'abord à l'épouse dont l'aspect chétif, le visage triste et peureux lui faisaient si peu honneur auprès de ses collègues. Il passa ensuite à la tante Julie qui s'était installée au foyer en faisant valoir son grand âge et plusieurs maladies mortelles et qui, en sept ans, avait coûté sûrement plus d'argent qu'on n'en pouvait attendre de sa succession. Puis vint le tour de ses deux filles, dix-sept et seize ans, employées de magasin à cinq cents francs par mois, pourtant vêtues comme des princesses, montres-bracelets, épingles d'or à l'échancrure, des airs au-dessus de leur condition, et on se demandait où passait l'argent, et on s'étonnait. M. Jacotin eut soudain la sensation atroce qu'on lui dérobait son bien, qu'on buvait la sueur de ses peines et qu'il était ridiculement bon. Le vin lui monta un grand coup à la tête et fit flamber sa large face déjà remarquable au repos par sa rougeur naturelle.

Il était dans cette disposition d'esprit lorsque son regard s'abaissa sur son fils Lucien, un garçon de treize ans, qui, depuis le début du repas, s'efforçait de passer inaperçu. Le père entrevit quelque chose de louche dans la pâleur du petit visage. L'enfant n'avait pas levé les yeux, mais se sentant observé, il tortillait avec ses deux mains un pli de son tablier noir d'écolier.

– Tu voudrais bien le déchirer ? jeta le père d'une voix qui s'en promettait. Tu fais tout ce que tu peux pour le déchirer ?

Lâchant son tablier, Lucien posa les mains sur la table. Il penchait la tête sur son assiette sans oser chercher le réconfort d'un regard de ses sœurs et tout abandonné au malheur menaçant.

– Je te parle, dis donc. Il me semble que tu pourrais me répondre. Mais je te soupçonne de n'avoir pas la conscience bien tranquille.

Lucien protesta d'un regard effrayé. Il n'espérait nullement détourner les soupçons, mais il savait que le père eût été déçu de ne pas trouver l'effroi dans les yeux de son fils.

– Non, tu n'as sûrement pas la conscience tranquille. Veux-tu me dire ce que tu as fait cet après-midi ?

– Cet après-midi, j'étais avec Pichon. Il m'avait dit qu'il passerait me prendre à deux heures. En sortant d'ici, on a rencontré Chapusot qui allait faire des commissions. D'abord, on a été chez le médecin pour son oncle qui est malade. Depuis avant-hier, il se sentait des douleurs du côté du foie…

Mais le père comprit qu'on voulait l'égarer sur de l'anecdote et coupa :

– Ne te mêle donc pas du foie des autres. Dis-moi plutôt où tu étais ce matin.

– J'ai été voir avec Fourmont la maison qui a brûlé l'autre nuit dans l'avenue Poincaré.

– Comme ça, tu as été dehors toute la journée ? Du matin au soir ? Bien entendu, puisque tu as passé ton jeudi à t'amuser, j'imagine que tu as fait tes devoirs ?

Le père avait prononcé ces dernières paroles sur un ton doucereux qui suspendait tous les souffles.

– Mes devoirs ? murmura Lucien.

– Oui, tes devoirs.

– J'ai travaillé hier soir en rentrant de classe.

– Je ne te demande pas si tu as travaillé hier soir. Je te demande si tu as fait tes devoirs pour demain.

Chacun sentait mûrir le drame et aurait voulu l'écarter, mais l'expérience avait appris que toute intervention en pareille circonstance ne pouvait que gâter les choses et changer en fureur la hargne de cet homme violent. Par politique, les deux sœurs de Lucien feignaient de suivre l'affaire distraitement, tandis que la mère, préférant ne pas assister de trop près à une scène pénible, fuyait vers un placard. M. Jacotin lui-même, au bord de la colère, hésitait encore à enterrer la nouvelle des palmes académiques. Mais la tante Julie, mue par de généreux sentiments, ne put tenir sa langue.

– Pauvre petit, vous êtes toujours après lui. Puisqu'il vous dit qu'il a travaillé hier soir. Il faut bien qu'il s'amuse aussi.

Offensé, M. Jacotin répliqua avec hauteur :

– Je vous prierai de ne pas entraver mes efforts dans l'éducation de mon fils. Étant son père, j'agis comme tel et j'entends le diriger selon mes conceptions. Libre à vous, quand vous aurez des enfants, de faire leurs cent mille caprices.

La tante Julie, qui avait soixante-treize ans, jugea qu'il y avait peut-être de l'ironie à parler de ses enfants à venir. Froissée à son tour, elle quitta la cuisine. Lucien la suivit d'un regard ému et la vit un moment, dans la pénombre de la salle à manger luisante de propreté, chercher à tâtons le commutateur. Lorsqu'elle eut refermé la porte, M. Jacotin prit toute la famille à témoin qu'il n'avait rien dit qui justifiât un tel départ et il se plaignit de la perfidie qu'il y avait à le mettre en situation de passer pour un malotru. Ni ses filles, qui s'étaient mises à desservir la table, ni sa femme, ne purent se résoudre à l'approuver, ce qui eût peut-être amené une détente. Leur silence lui fut un nouvel outrage. Rageur, il revint à Lucien :

– J'attends encore ta réponse, toi. Oui ou non, as-tu fait tes devoirs ?

Lucien comprit qu'il ne gagnerait rien à faire traîner les choses et se jeta à l'eau.

– Je n'ai pas fait mon devoir de français.

Une lueur de gratitude passa dans les yeux du père. Il y avait plaisir à entreprendre ce gamin-là.

– Pourquoi, s'il te plaît ?

Lucien leva les épaules en signe d'ignorance et même d'étonnement, comme si la question était saugrenue.

– Je le moudrais, murmura le père en le dévorant du regard.

Un moment, il resta silencieux, considérant le degré d'abjection auquel était descendu ce fils ingrat qui, sans aucune raison avouable et apparemment sans remords, négligeait de faire son devoir de français.

– C'est donc bien ce que je pensais, dit-il, et sa voix se mit à monter avec le ton du discours. Non seulement tu continues, mais tu persévères. Voilà un devoir de français que le professeur t'a donné vendredi dernier pour demain. Tu avais donc huit jours pour le faire et tu n'en as pas trouvé le moyen. Et si je n'en avais pas parlé, tu allais en classe sans l'avoir fait. Mais le plus fort, c'est que tu auras passé tout ton jeudi à flâner et à paresser. Et avec qui ? avec un Pichon, un Fourmont, un Chapusot, tous les derniers, tous les cancres de la classe. Les cancres dans ton genre. Qui se ressemble s'assemble. Bien sûr que l'idée ne te viendrait pas de t'amuser avec Béruchard. Tu te croirais déshonoré d'aller jouer avec un bon élève. Et d'abord, Béruchard n'accepterait pas, lui. Béruchard, je suis sûr qu'il ne s'amuse pas. Et qu'il ne s'amuse jamais. C'est bon pour toi. Il travaille, Béruchard. La conséquence, c'est qu'il est toujours dans les premiers. Pas plus tard que la semaine dernière, il était trois places devant toi. Tu peux compter que c'est une chose agréable pour moi qui suis toute la journée au bureau avec son père. Un homme pourtant moins bien noté que moi. Qu'est-ce que c'est que Béruchard ? je parle du père. C'est l'homme travailleur, si on veut, mais qui manque de capacités. Et sur les idées politiques, c'est bien pareil que sur la besogne. Il n'a jamais eu de conceptions. Et Béruchard, il le sait bien. Quand on discute de choses et d'autres, devant moi, il n'en mène pas large. N'empêche, s'il vient à me parler de son gamin qui est toujours premier en classe, c'est lui qui prend le dessus quand même. Je me trouve par le fait dans une position vicieuse. Je n'ai pas la chance, moi, d'avoir un fils comme Béruchard. Un fils premier en français, premier en calcul. Un fils qui rafle tous les prix. Lucien, laisse-moi ce rond de serviette tranquille. Je ne tolérerai pas que tu m'écoutes avec des airs qui n'en sont pas. Oui ou non, m'as-tu entendu ? ou si tu veux une paire de claques pour t'apprendre que je suis ton père ? Paresseux, voyou, incapable ! Un devoir de français donné depuis huit jours ! Tu ne me diras pas que si tu avais pour deux sous de cœur ou que si tu pensais au mal que je me donne, une pareille chose se produirait. Non, Lucien, tu ne sais pas reconnaître. Autrement que ça, ton devoir de français, tu l'aurais fait. Le mal que je me donne, moi, dans mon travail. Et les soucis et l'inquiétude. Pour le présent et pour l'avenir. Quand j'aurai l'âge de m'arrêter, personne pour me donner de quoi vivre. Il vaut mieux compter sur soi que sur les autres. Un sou, je ne l'ai jamais demandé. Moi, pour m'en tirer, je n'ai jamais été chercher le voisin. Et je n'ai jamais été aidé par les miens. Mon père ne m'a pas laissé étudier. Quand j'ai eu douze ans, en apprentissage. Tirer la charrette et par tous les temps. L'hiver, les engelures, et l'été, la chemise qui collait sur le dos. Mais toi, tu te prélasses. Tu as la chance d'avoir un père qui soit trop bon. Mais ça ne durera pas. Quand je pense. Un devoir de français. Fainéant, sagouin ! Soyez bon, vous serez toujours faible. Et moi tout à l'heure qui pensais vous mener tous, mercredi prochain, voir jouer *Les Burgraves*. Je ne me doutais pas de ce qui m'attendait en rentrant chez moi. Quand je ne suis pas là, on peut être sûr que c'est l'anarchie. C'est les devoirs pas faits et tout ce qui s'ensuit dans toute la maison. Et, bien entendu, on a choisi le jour…

Le père marqua un temps d'arrêt. Un sentiment

délicat, de pudeur et de modestie, lui fit baisser les paupières.

– Le jour où j'apprends que je suis proposé pour les palmes académiques. Oui, voilà le jour qu'on a choisi.

Il attendit quelques secondes l'effet de ses dernières paroles. Mais, à peine détachées de la longue apostrophe, elles semblaient n'avoir pas été comprises. Chacun les avait entendues, comme le reste du discours, sans en pénétrer le sens. Seule, Mme Jacotin, sachant qu'il attendait depuis deux ans la récompense des services rendus, en sa qualité de trésorier bénévole, à la société locale de solfège et de philharmonie (l'U. N. S. P.), eut l'impression que quelque chose d'important venait de lui échapper. Le mot de palmes académiques rendit à ses oreilles un son étrange mais familier, et fit surgir pour elle la vision de son époux coiffé de sa casquette de musicien honoraire et à califourchon sur la plus haute branche d'un cocotier. La crainte d'avoir été inattentive lui fit enfin apercevoir le sens de cette fiction poétique et déjà elle ouvrait la bouche et se préparait à manifester une joie déférente. Il était trop tard. M. Jacotin, qui se délectait amèrement de l'indifférence des siens, craignit qu'une parole de sa femme ne vînt adoucir l'injure de ce lourd silence et se hâta de la prévenir.

– Poursuivons, dit-il avec un ricanement douloureux. Je disais donc que tu as eu huit jours pour faire ce devoir de français. Oui, huit jours. Tiens, j'aimerais savoir depuis quand Béruchard l'a fait. Je suis sûr qu'il n'a pas attendu huit jours, ni six, ni cinq. Ni trois, ni deux. Béruchard, il l'a fait le lendemain. Et veux-tu me dire ce que c'est que ce devoir ?

Lucien, qui n'écoutait pas, laissa passer le temps de répondre. Son père le somma d'une voix qui passa trois portes et alla toucher la tante Julie dans sa chambre. En chemise de nuit et la mine défaite, elle vint s'informer.

– Qu'est-ce qu'il y a ? Voyons, qu'est-ce que vous lui faites, à cet enfant ? Je veux savoir, moi.

Le malheur voulut qu'en cet instant M. Jacotin se laissât dominer par la pensée de ses palmes académiques. C'est pourquoi la patience lui manqua. Au plus fort de ses colères, il s'exprimait habituellement dans un langage décent. Mais le ton de cette vieille femme recueillie chez lui par calcul charitable et parlant avec ce sans-gêne à un homme en passe d'être décoré, lui parut une provocation appelant l'insolence.

– Vous, répondit-il, je vous dis cinq lettres.

La tante Julie béa, les yeux ronds, encore incrédules, et comme il précisait ce qu'il fallait entendre par cinq lettres, elle tomba évanouie. Il y eut des cris de frayeur dans la cuisine, une longue rumeur de drame avec remuement de bouillottes, de soucoupes et de flacons. Les sœurs de Lucien et leur mère s'affairaient auprès de la malade avec des paroles de compassion et de réconfort, dont chacune atteignait cruellement M. Jacotin. Elles évitaient de le regarder, mais quand par hasard leurs visages se tournaient vers lui, leurs yeux étaient durs. Il se sentait coupable et, plaignant la vieille fille, regrettait sincèrement l'excès de langage auquel il s'était laissé aller. Il aurait souhaité s'excuser, mais la réprobation qui l'entourait si visiblement durcissait son orgueil. Tandis qu'on emportait la tante Julie dans sa chambre, il prononça d'une voix haute et claire :

– Pour la troisième fois, je te demande en quoi consiste ton devoir de français.

– C'est une explication, dit Lucien. Il faut expliquer le proverbe : « Rien ne sert de courir, il faut partir à point. »

– Et alors ? Je ne vois pas ce qui t'arrête là-dedans.

Lucien opina d'un hochement de tête, mais son visage était réticent.

– En tout cas, file me chercher tes cahiers, et au travail. Je veux voir ton devoir fini.

Lucien alla prendre sa serviette de classe qui gisait dans un coin de la cuisine, en sortit un cahier de brouillon et écrivit au haut d'une page blanche : « Rien ne sert de courir, il faut partir à point. » Si lentement qu'il eût écrit, cela ne demanda pas cinq minutes. Il se mit alors à sucer son porte-plume et considéra le proverbe d'un air hostile et buté.

– Je vois que tu y mets de la mauvaise volonté, dit le père. A ton aise. Moi, je suis pas pressé. J'attendrai toute la nuit s'il le faut.

En effet, il s'était mis en position d'attendre commodément. Lucien, en levant les yeux, lui vit un air de quiétude qui le désespéra. Il essaya de méditer sur son proverbe : « Rien ne sert de courir, il faut partir à point. » Pour lui, il y avait là une évidence ne requérant aucune démonstration, et il songeait avec dégoût à la fable de La Fontaine : *Le Lièvre et la Tortue*. Cependant, ses sœurs, après avoir couché la tante Julie, commençaient à ranger la vaisselle dans le placard et, si attentives fussent-elles à ne pas faire de bruit, il se produisait des heurts qui irritaient M. Jacotin, lui semblant qu'on voulût offrir à l'écolier une bonne excuse pour ne rien faire. Soudain, il y eut un affreux vacarme. La mère venait de laisser tomber sur l'évier une casserole de fer qui rebondit sur le carrelage.

– Attention, gronda le père. C'est quand même

agaçant. Comment voulez-vous qu'il travaille, aussi, dans une foire pareille ? Laissez-le tranquille et allez-vous-en ailleurs. La vaisselle est finie. Allez vous coucher.

Aussitôt les femmes quittèrent la cuisine. Lucien se sentit livré à son père, à la nuit, et songeant à la mort à l'aube sur un proverbe, il se mit à pleurer.

– Ça t'avance bien, lui dit son père. Gros bête, va !

La voix restait bourrue, mais avec un accent de compassion, car M. Jacotin, encore honteux du drame qu'il avait provoqué tout à l'heure, souhaitait racheter sa conduite par une certaine mansuétude à l'égard de son fils. Lucien perçut la nuance, il s'attendrit et pleura plus fort. Une larme tomba sur le cahier de bouillon, auprès du proverbe. Ému, le père fit le tour de la table en traînant une chaise et vint s'asseoir à côté de l'enfant.

– Allons, prends-moi ton mouchoir et que ce soit fini. A ton âge, tu devrais penser que si je te secoue, c'est pour ton bien. Plus tard, tu diras : « Il avait raison. » Un père qui sait être sévère, il n'y a rien de meilleur pour l'enfant. Béruchard, justement, me le disait hier. C'est une habitude, à lui, de battre le sien. Tantôt c'est les claques ou son pied où je pense, tantôt le martinet ou bien le nerf de bœuf. Il obtient de bons résultats. Sûr que son gamin marche droit et qu'il ira loin. Mais battre un enfant, moi, je ne pourrais pas, sauf bien sûr comme ça une fois de temps en temps. Chacun ses conceptions. C'est ce que je disais à Béruchard. J'estime qu'il vaut mieux faire appel à la raison de l'enfant.

Apaisé par ces bonnes paroles, Lucien avait cessé de pleurer et son père en conçut de l'inquiétude.

– Parce que je te parle comme à un homme, tu ne vas pas au moins te figurer que ce que serait de la faiblesse ?

– Oh ! non, répondit Lucien avec l'accent d'une conviction profonde.

Rassuré, M. Jacotin eut un regard de bonté. Puis, considérant d'une part le proverbe, d'autre part l'embarras de son fils, il crut pouvoir se montrer généreux à peu de frais et dit avec bonhomie :

– Je vois bien que si je ne mets pas la main à la pâte, on sera encore là à quatre heures du matin. Allons, au travail. Nous disons donc : « Rien ne sert de courir, il faut partir à point. » Voyons. Rien ne sert de courir…

Tout à l'heure, le sujet de ce devoir de français lui avait paru presque ridicule à force d'être facile.

Maintenant qu'il en avait assumé la responsabilité, il le voyait d'un autre œil. La mine soucieuse, il relut plusieurs fois le proverbe et murmura :

– C'est un proverbe.

– Oui, approuva Lucien qui attendait la suite avec une assurance nouvelle.

Tant de paisible confiance troubla le cœur de M. Jacotin. L'idée que son prestige de père était en jeu le rendit nerveux.

– En vous donnant ce devoir-là, demanda-t-il, le maître ne vous a rien dit ?

– Il nous a dit : surtout, évitez de résumer *Le Lièvre et la Tortue*. C'est à vous de trouver un exemple. Voilà ce qu'il a dit.

– Tiens, c'est vrai, fit le père. *Le Lièvre et la Tortue*, c'est un bon exemple. Je n'y avais pas pensé.

– Oui, mais c'est défendu.

– Défendu, bien sûr, défendu. Mais alors, si tout est défendu…

Le visage un peu congestionné, M. Jacotin chercha une idée ou au moins une phase qui fût un départ. Son imagination était rétive. Il se mit à considérer le proverbe avec un sentiment de crainte et de rancune. Peu à peu, son regard prenait la même expression d'ennui qu'avait eue tout à l'heure celui de Lucien.

Enfin, il eut une idée qui était de développer un sous-titre de journal, « La Course aux armements », qu'il avait lu le matin même. Le développement venait bien : une nation se prépare à la guerre depuis longtemps, fabriquant canons, tanks, mitrailleuses et avions. La nation voisine se prépare mollement, de sorte qu'elle n'est pas prête du tout quand survient la guerre et qu'elle s'efforce vainement de rattraper son retard. Il y avait là toute la matière d'un excellent devoir.

Le visage de M. Jacotin, qui s'était éclairé un moment, se rembrunit tout d'un coup. Il venait de songer que sa religion politique ne lui permettait pas de choisir un exemple aussi tendancieux. Il avait trop d'honnêteté pour humilier ses convictions, mais c'était tout de même dommage. Malgré la fermeté de ses opinions, il se laissa effleurer par le regret de n'être pas inféodé à un parti réactionnaire, ce qui lui eût permis d'exploiter son idée avec l'approbation de sa conscience. Il se ressaisit en pensant à ses palmes académiques, mais avec beaucoup de mélancolie.

Lucien attendait sans inquiétude le résultat de cette méditation. Il se jugeait déchargé du soin d'expliquer le proverbe et n'y pensait même plus. Mais le silence qui s'éternisait lui faisait paraître le temps long. Les paupières lourdes, il fit entendre plusieurs bâillements prolongés. Son père, le visage crispé par l'effort de la recherche, les perçut comme autant de reproches et sa nervosité s'en accrut. Il avait beau se mettre l'esprit à la torture, il ne trouvait rien. La course aux armements le gênait. Il semblait qu'elle se fût soudée au proverbe et les efforts qu'il faisait pour l'oublier lui en imposaient justement la pensée. De temps en temps, il levait sur son fils un regard furtif et anxieux.

Alors qu'il n'espérait plus et se préparait à confesser son impuissance, il lui vint une autre idée. Elle se présentait comme une transposition de la course aux armements dont elle réussit à écarter l'obsession. Il s'agissait encore d'une compétition, mais sportive, à laquelle se préparaient deux équipes de rameurs, l'une méthodiquement, l'autre avec une affectation de négligence.

– Allons, commanda M. Jacotin, écris.

A moitié endormi, Lucien sursauta et prit son porte-plume.

– Ma parole, tu dormais ?

– Oh ! non. Je réfléchissais. Je réfléchissais au proverbe. Mais je n'ai rien trouvé.

Le père eut un petit rire indulgent, puis son regard devint fixe et, lentement, il se mit à dicter :

– Par cette splendide après-midi d'un dimanche d'été, virgule, quels sont donc ces jolis objets verts à la forme allongée, virgule, qui frappent nos regards ? On dirait de loin qu'ils sont munis de longs bras, mais ces bras ne sont autre chose que des rames et les objets verts sont en réalité deux canots de course qui se balancent mollement au gré des flots de la Marne.

Lucien, pris d'une vague anxiété, osa lever la tête et eut un regard un peu effaré. Mais son père ne le voyait pas, trop occupé à polir une phrase de transition qui allait lui permettre de présenter les équipes rivales. La bouche entrouverte, les yeux mi-clos, il surveillait ses rameurs et les rassemblait dans le champ de sa pensée. A tâtons, il avança la main vers le porte-plume de son fils.

– Donne. Je vais écrire moi-même. C'est plus commode que de dicter.

Fiévreux, il se mit à écrire d'une plume abondante. Les idées et les mots lui venaient facilement, dans un ordre commode et pourtant exaltant, qui l'inclinait au lyrisme. Il se sentait riche, maître d'un domaine magnifique et fleuri. Lucien regarda un moment, non sans un reste d'appréhension, courir sur son cahier de brouillon la plume inspirée et finit par s'endormir sur la table. A onze heures, son père le réveilla et lui tendit le cahier.

– Et maintenant, tu vas me recopier ça posément. J'attends que tu aies fini pour relire. Tâche de mettre la ponctuation, surtout.

– Il est tard, fit observer Lucien. Je ferais peut-être mieux de me lever demain matin de bonne heure ?

– Non, non. Il faut battre le fer pendant qu'il est chaud. Encore un proverbe, tiens.

M. Jacotin eut un sourire gourmand et ajouta :

– Ce proverbe-là, je ne serais pas en peine de l'expliquer non plus. Si j'avais le temps, il ne faudrait pas me pousser beaucoup. C'est un sujet de toute beauté. Un sujet sur lequel je me fais fort d'écrire mes douze pages. Au moins, est-ce que tu le comprends bien ?

– Quoi donc ?

– Je te demande si tu comprends le proverbe : « Il faut battre le fer pendant qu'il est chaud. »

Lucien, accablé, faillit céder au découragement. Il se ressaisit et répondit avec une grande douceur :

– Oui, papa. Je comprends bien. Mais il faut que je recopie mon devoir.

– C'est ça, recopie, dit M. Jacotin d'un ton qui trahissait son mépris pour certaines activités d'un ordre subalterne.

Une semaine plus tard, le professeur rendait la copie corrigée.

– Dans l'ensemble, dit-il, je suis loin d'être satisfait. Si j'excepte Béruchard à qui j'ai donné treize, et cinq ou six autres tout juste passables, vous n'avez pas compris le devoir.

Il expliqua ce qu'il aurait fallu faire, puis, dans le tas des copies annotées à l'encre rouge, il en choisit trois qu'il se mit à commenter. La première était celle de Béruchard, dont il parla en termes élogieux. La troisième était celle de Lucien.

– En vous lisant, Jacotin, j'ai été surpris par une façon d'écrire à laquelle vous ne m'avez pas habitué et qui m'a paru si déplaisante que je n'ai pas hésité à vous coller un trois. S'il m'est arrivé souvent de blâmer la sécheresse de vos développements, je dois dire que vous êtes tombé cette fois dans le défaut contraire. Vous avez trouvé le moyen de remplir six pages en restant constamment en dehors du sujet. Mais le plus insupportable est ce ton endimanché que vous avez cru devoir adopter.

Le professeur parla encore longuement du devoir de Lucien, qu'il proposa aux autres élèves comme le modèle de ce qu'il ne fallait pas faire. Il en lut à haute voix quelques passages qui lui semblaient particulièrement édifiants. Dans la classe, il y eut des sourires, des gloussements et même quelques rires soutenus. Lucien était très pâle.

Blessé dans son amour-propre, il l'était aussi dans ses sentiments de piété filiale.

Pourtant il en voulait à son père de l'avoir mis en situation de se faire moquer par ses camarades. Élève médiocre, jamais sa négligence ni son ignorance ne l'avaient ainsi exposé au ridicule. Qu'il s'agît d'un devoir de français, de latin ou d'algèbre, il gardait jusque dans ses insuffisances un juste sentiment des convenances et même des élégances écolières. Le soir où, les yeux rouges de sommeil, il avait recopié le bouillon de M. Jacotin, il ne s'était guère trompé sur l'accueil qui serait fait à son devoir. Le lendemain, mieux éveillé, il avait même hésité à le remettre au professeur, ressentant alors plus vivement ce qu'il contenait de faux et de discordant, eu égard aux habitudes de la classe. Et au dernier moment, une confiance instinctive dans l'infaillibilité de son père l'avait décidé.

Au retour de l'école, à midi, Lucien songeait avec rancune à ce mouvement de confiance pour ainsi dire religieuse qui avait parlé plus haut que l'évidence. De quoi s'était mêlé le père en expliquant ce proverbe ? A coup sûr, il n'avait pas volé l'humiliation de se voir flanquer trois sur vingt à son devoir de français. Il y avait là de quoi lui faire passer l'envie d'expliquer les proverbes. Et Béruchard qui avait eu treize. Le père aurait du mal à s'en remettre. Ça lui apprendrait.

A table, M. Jacotin se montra enjoué et presque gracieux. Une allégresse un peu fiévreuse animait son regard et ses propos. Il eut la coquetterie de ne pas poser dès l'abord la question qui lui brûlait les lèvres et que son fils attendait. L'atmosphère du déjeuner n'était pas très différente de ce qu'elle était d'habitude. La gaieté du père, au lieu de mettre à l'aise les convives, était plutôt une gêne supplémentaire. Mme Jacotin et ses filles essayaient en vain d'adopter un ton accordé à la bonne humeur du maître. Pour la tante Julie, elle se fit un devoir de souligner par une attitude maussade et un air de surprise offensée tout ce que cette bonne humeur offrait d'insolite aux regards de la famille. M. Jacotin le sentit lui-même, car il ne tarda pas à s'assombrir.

– Au fait, dit-il avec brusquerie. Et le proverbe ?

Sa voix trahissait une émotion qui ressemblait plus à de l'inquiétude qu'à de l'impatience. Lucien sentit qu'en cet instant il pouvait faire le malheur de son père. Il le regardait maintenant avec une liberté qui lui livrait le personnage. Il comprenait que, depuis de longues années, le pauvre homme vivait sur le sentiment de son infaillibilité de chef de famille et, qu'en expliquant le proverbe, il avait engagé le principe de son infaillibilité dans une aventure dangereuse. Non seulement le tyran domestique allait perdre la face devant les siens, mais il perdrait du même coup la considération qu'il avait pour sa propre personne. Ce serait un effondrement. Et dans la cuisine, à table, face à la tante Julie qui épiait toujours une revanche, ce drame qu'une simple parole pouvait déchaîner avait déjà une réalité bouleversante. Lucien fut effrayé par la faiblesse du père et son cœur s'attendrit d'un sentiment de pitié généreuse.

– Tu es dans la lune ? Je te demande si le professeur a rendu mon devoir ? dit M. Jacotin.

– Ton devoir ? Oui, on l'a rendu.

– Et quelle note avons-nous eue ?

– Treize.

– Pas mal, et Béruchard ?

– Treize.

– Et la meilleure note était ?

– Treize.

Le visage du père s'était illuminé. Il se tourna vers la tante Julie avec un regard insistant, comme si la note treize eût été donnée malgré elle. Lucien avait baissé les yeux et regardait en lui-même avec un plaisir ému. M. Jacotin lui toucha l'épaule et dit avec bonté :

– Vois-tu, mon cher enfant, quand on entreprend un travail, le tout est d'abord d'y bien réfléchir. Comprendre un travail, c'est l'avoir fait plus qu'aux trois quarts. Voilà justement ce que je voudrais te faire entrer dans la tête une bonne fois. Et j'y arriverai. J'y mettrai tout le temps nécessaire. Du reste, à partir de maintenant et désormais, tous les devoirs de français, nous les ferons ensemble.

Les Chiens de notre vie

Oui, je vais vous raconter les chiens, mais d'abord, ôtez vos sabots. J'en étais sûre, ils sont pleins de neige, et vos chaussons, dans quel état ! Si vous n'aviez pas lambiné dans les chemins, vous seriez rentrés les pieds secs, mais vous aimez mieux patauger avec des mauvais sujets de votre espèce. On m'a dit qu'un jour on vous avait vus glisser sur le creux Philippe, et juste à l'endroit le plus profond. Ah ! si je le savais ! Quand je pense à votre maman, pauvre agneau, que je la revois si douce, si sérieuse ! Ah ! ce n'est pas elle qui aurait glissé sur les creux ! S'en revenir de classe, hiver ou été, elle mettait à peine un quart d'heure. Et vous, trois quarts d'heure, des fois plus, et les pieds mouillés, quand ce n'est pas comme avant-hier avec des effets déchirés. J'ai bien envie de ne pas vous dire les chiens. Vos sabots, mettez-les dans le four, asseyez-vous là devant le fourneau, posez vos pieds sur la platine.

Le premier qu'on ait eu à la maison, c'est moi qui l'avais amené, en 1909, à mon entrée en ménage. Mon père se l'était mis de côté pour moi quand sa Musette avait mis bas, sur la fin de l'automne, sept ou huit mois avant mon mariage. Le chien, lui, s'appelait Pyrame. Il était gris fer, le poil ras et les oreilles droites, pas bien grand, pas bien beau non plus. Bon berger, bon gardien aussi, il avait le fond affectueux. Dans son jeune âge, il aimait jouer et tous les deux – j'avais vingt ans – on s'en est donné. Et voyez ce que c'est, il préférait votre grand-père qui n'était pourtant pas tendre avec lui. Mon pauvre Hector, dans tout le pays, vous n'auriez pas vu meilleur homme, mais quand même, il n'était pas pour se gêner d'envoyer un coup de sabot à un chien. Plus d'une fois, le nôtre, il l'a corrigé à coups de trique. Il faut dire que Pyrame le méritait bien, voleur qu'il était un peu, avec ça toujours dans nos jambes à gêner le travail, à embarrasser, des airs importants, comme si toute la besogne devait lui passer par les pattes. On l'avait toujours avec soi, quand on en avait le moins besoin. Une fois, je portais le pain à cuire à la chambre à four, est-ce qu'il ne m'a pas fait tomber au milieu de la cour avec mes cabuchons, la figure en plein dans la pâte ? Ah ! j'étais en colère. Ce qu'il avait aussi, c'est qu'avec le monde, il était hargneux. Il ne pouvait pas supporter que des personnes viennent chez nous ; il n'avait jamais fini d'aboyer après, la gueule regrignée, l'œil mauvais. J'avais toujours peur qu'il morde quelqu'un, et combien de fois c'est arrivé, pas avec des gens, mais avec les chiens du dehors, qu'il ne supportait pas non plus. En champ, quand il gardait les vaches, la même chose, il était rageur, acharné, toujours avoir le dernier mot. Il y en avait une pas commode, je crois qu'on l'appelait la Brunette, elle fonçait sur lui, cornes basses. Une vache qui fait front, beaucoup de chiens, vous les voyez filer, pas fiers, la queue basse et les reins creusés ; mais Pyrame, il ne lâchait pas, et c'était toujours la vache qui cédait. Il était comme ça, et rien qu'à l'entendre aboyer, la voix sèche, méchante, les gens qui passaient sur la route s'écartaient. Pour lui, ce qui comptait, c'était la famille, son maître, moi, et les deux enfants qui nous étaient nés, votre oncle Francis en avril de 1911, et votre maman, pauvre agneau, en novembre de l'année suivante. Avec les deux petits, pas plus patient que lui, pas plus doux. Ils pouvaient lui tirer les poils, la queue, les oreilles, il ne bronchait pas, et si quelqu'un s'approchait d'eux, il grondait déjà, l'air pas bon. Il aimait tellement sa maison, sa famille, qu'on ne le voyait pas rôder dans le pays, comme les autres chiens. Fallait qu'il soit là, dans la cour ou en champ avec les vaches ou à la cuisine, comme si se passer de lui, on n'aurait pas pu. Mais si votre grand-père sortait, soit qu'il aille chez la Frisée se chercher un paquet de tabac ou, le dimanche, faire sa partie de quilles, Pyrame était sur ses talons, et jamais si fier, si content.

Et puis, en 1914, un jour d'août, je me rappelle, là en face, au bord de la route, les champs étaient tout en moisson, Hector est parti pour la guerre. Il n'avait pas voulu que je l'accompagne au train à Mont-sous-Vaudrey. Il avait embrassé ses enfants et à moi, pour me consoler, il disait qu'il serait de retour dans trois semaines. Il s'en est allé sur la route et, en arrivant au grand hêtre, il a renvoyé Pyrame qui l'avait suivi. Le chien s'en est revenu penaud. Sur le moment, il n'a pas compris que son maître quittait la maison pour longtemps. Je suis donc restée, seule avec mes petits, et du travail, vous pensez. Mon père est venu avec des gens rentrer la moisson qui était par terre. On a eu la machine à battre. Je n'avais pas le temps de m'occuper de Pyrame ni de ce qu'il faisait. Tout juste si j'avais remarqué qu'il n'aboyait plus si fort après tout le monde; mais fini les regains, quand le moment est venu de lâcher les vaches dans la prairie, j'ai commencé de m'apercevoir qu'il n'était plus comme d'habitude. J'avais mis nos vaches au Raicart pour les avoir sous les yeux sans sortir d'ici. Je les surveillais donc de loin, et si l'une ou l'autre s'écartait, je n'avais qu'à appeler Pyrame que j'avais placé auprès d'elles. C'est comme ça que j'ai pu m'apercevoir qu'il n'était, la moitié du temps, plus aux prés. Le rusé, il avait compris que le maître nous avait quittés. Il en profitait. Lui qui n'en avait autrefois que pour la maison et pour son service, avec des airs de vouloir tout faire, il se dérangeait, il allait courir dans le pays. Tout d'abord, il se contentait de partir pour une heure ou deux, mais bientôt c'était la journée tout entière, rentrant juste aux heures de manger. J'ai essayé de le corriger, ça n'a jamais servi à rien. Peut-être que je ne le battais pas bien fort non plus. Toujours est-il que rien ne le retenait de courailler, ni les gentillesses ni les coups.

Et regardez comme c'est malin. En 1915, quand Hector est venu en permission, Pyrame n'a pas quitté la maison des dix jours qu'il est resté là, sauf pour l'accompagner quand il sortait, sans jamais s'écarter d'un pas. Et c'était le même chien qu'autrefois. Il avait retrouvé ses façons rageuses d'aboyer après les étrangers, comme aussi ses airs de vouloir toujours distribuer la besogne. Mais la permission finie, Hector reparti pour le front, il a recommencé de godailler, plus de maison qui tienne !

Vers la fin de l'été, il est arrivé des soldats qui ont cantonné dans le pays. Pyrame ne connaissait plus qu'eux ; il était toujours avec eux, il mangeait avec eux. Dans la journée, il venait quand même passer un moment chez nous, comme pour prendre des nouvelles. Il faisait des amitiés aux enfants, mais moi, il n'osait pas trop me regarder, parce que, tout de même, il avait honte. La nuit, des fois, il couchait encore dans sa niche, pas souvent. Et puis, les soldats sont partis. Un matin, je venais de me lever, il était cinq heures, il commençait à pleuviner. Les soldats passaient sur la route, je pensais à mon pauvre Hector. Derrière la colonne, suivaient des attelages de mulets. Tout d'un coup, je vois mon Pyrame qui marchait sous la pluie, à côté d'une voiture. Je l'appelle une fois, je l'appelle deux fois. Il s'arrête, tourné de mon côté, et le voilà qui se met à piquer de la tête entre les pattes, comme s'il voulait venir et qu'il ne puisse pas, et qu'il soit honteux. Et il faut dire parce que c'est vrai, il avait un air malheureux. Il s'est décidé, mais pour rattraper les voitures. Je l'ai appelé encore une fois. Il s'est arrêté, pas longtemps, et il est reparti, la tête basse et la queue aussi, les flancs tout resserrés. Je l'ai vu remonter la colonne en trottant, jusqu'au tournant de chez Chavignot. Et je ne l'ai plus revu, jamais.

Les enfants, Pyrame leur manquait. Ils auraient voulu un autre chien. Moi aussi. Seulement, j'avais autre chose à penser : la besogne qui courait, le souci de savoir l'homme au front, – il en tombait tant ! – sans compter que j'étais de mettre au monde mon troisième, Fernand, votre oncle Fernand, qui nous est rentré de prisonnier dans l'été d'il y a deux ans. Ces guerres, on n'en finira pas. C'est dans l'été de 1916 que mes cousins de Villers-les-Bois, un jour qu'ils avaient occasion, nous ont amené un tout jeune chien. Il avait deux mois. On l'appelait Belfort, mais votre maman, pauvre agneau, qui avait, quoi, trois ans, guère plus, elle disait Béfort, et c'est Béfort qui est resté. Quand Hector est rentré de la guerre, en 19, Béfort était un beau grand chien, fort comme un cheval ou autant dire, et haut, je n'exagère pas, comme la table. Il avait un joli poil bleu avec par dedans des taches blanches, un poil un peu long qui frisait au cou et sur les oreilles. Ah ! pour un beau chien, c'était un beau chien et gentil et intelligent. C'est bien simple, il comprenait tout. Si je vous disais qu'à la maison, souvent, il me remplaçait auprès des enfants ! Je pouvais sortir, aller travailler sur les champs, Béfort les gardait. Il savait aussi bien que personne tout ce qui leur était défendu : la mare, le fumier, la fosse à purin, le puits, monter aux échelles. Tenez, c'est lui qui a appris à marcher à votre oncle Fernand. Il fallait les voir tous les deux, le petit accroché d'une main à son poil ou à son oreille, il n'y regardait pas, et lui, le chien, qui marchait doucement, à petits pas, et qui s'arrêtait s'il sentait l'enfant hésiter.

Béfort, c'était plus qu'un chien : une personne. Quand il nous voyait dans la peine, les uns ou les autres, il était plus malheureux que nous. Il s'en venait nous lécher les mains et il nous regardait avec des yeux tristes. Si quelqu'un pleurait, il pleurait aussi, en geignant avec une petite voix de misère. Je me rappelle, et ça, combien de fois je l'ai vu, quand Hector envoyait un des enfants au coin pour le punir, Béfort allait s'y mettre aussi, et il restait là jusqu'à la fin de la punition. Des bêtes comme celle-là, je dis qu'il en faudrait beaucoup pour apprendre aux gens à aimer.

Et comme berger, pas son pareil. Quand venait la saison de mettre les vaches aux communaux, on les conduisait avec lui une fois, et après, il n'avait plus besoin de personne, ni pour les emmener ni pour les garder. Sur les chemins, il les tenait bien rassemblées, et s'il arrivait une voiture, il avait tôt fait de les faire ranger sur le bord. Tranquillement, sans bruit, sans se presser. Ce n'était pas le genre de chien hargneux à toujours bousculer les bêtes, à les harceler et à casser les oreilles. Sur les prés, on ne le voyait autant dire jamais courir. De loin en loin, il se contentait d'aboyer un coup, pour faire savoir qu'il était là. Il dressait la tête, il faisait un pas et ça suffisait, tout rentrait dans l'ordre. Les vaches le craignaient. Je dirai même, elles le respectaient.

Les seuls défauts qu'il avait, mais qui devaient le mener loin, c'est qu'il était gourmand et batailleur. Peut-être aussi farceur un peu. C'était rare qu'il se passe un jour sans qu'il se batte avec des chiens du pays, et toujours il avait le dessus. Pensez donc, il était si fort ! Les gens n'étaient pas bien contents, mais ça n'allait pas jusqu'à venir se plaindre. Après tout, une bataille de chiens, ce n'est pas si grave. Les reproches qu'on nous faisait de temps en temps, pas souvent et plutôt avec l'air de s'en amuser, c'est que Béfort était chapardeur, qu'il volait un bout de viande par-ci, un bout de lard par-là. Nous, on n'y croyait pas beaucoup. A la maison, il n'avait jamais rien volé. La moindre des choses, il ne l'aurait pas prise sans qu'on la lui donne. J'en venais à croire que le monde était un peu jaloux qu'on ait un chien aussi beau.

A l'autre bout du pays, chez les Maufrelat, il y avait un grand chien, à peu près de la taille de

Béfort, qui s'appelait César. Je ne saurais pas dire à quel moment ils ont commencé de se rencontrer, mais Béfort devait bien avoir six ans. Comme ils étaient de la même force, c'étaient des batailles qui duraient longtemps. Et puis, tout doucement, à la fin de se battre, ils sont devenus des amis. D'abord, ils ne faisaient pas grand mal. Simplement, ils se donnaient rendez-vous pour aller ensemble rosser les autres chiens du pays. Le malheur est qu'ils ne s'en soient pas tenus là. Un beau jour, la femme à Guste Bonardot, donc l'Éléonore, la fille à Léon Dominé et à l'Esther Micoulin, mariée en premier à Charles Masson qui se trouvait d'être cousin à ma mère puisque le père Masson – Eugène Masson – était le demi-frère de la femme à Jules Blot, la belle Armandine on l'appelait, une Bontemps, de la famille Bontemps, de Saint-Barain, que la cadette des filles, mais j'ai oublié son nom, s'était mariée à un Ragondet, de la Fragneuse, parent – je dis parent, mais ils étaient cousins germains – cousin donc à Xavier Millet qui était charron à la place où Justin Mignet a aujourd'hui son atelier de bicyclettes. Qu'est-ce que je disais ? Oui, l'Éléonore s'en vient se plaindre chez nous que Béfort lui avait volé un chapelet de saucisses pendu dans sa cuisine, même qu'il avait fait le coup, elle disait, avec le César des Maufrelat. Moi, je défends Béfort, de bonne foi, et je mets tout au compte de César. La preuve en est, je dis à la Lonore, c'est que j'ai deux andouilles pendues, là, à la cheminée, et qu'il n'a jamais fait mine d'y toucher. C'est bon, huit jours se passent, et c'est le tour à Régis Belhomme, le boucher. Béfort et César lui avaient enlevé, d'un seul coup, bien cinq livres de viande. Et après, c'était à chaque instant que des gens venaient se plaindre pour une tête de veau, un jambon, un kilo de boudin, est-ce que je sais ? Il ne se tuait pas un cochon dans le pays, sans que mes deux vauriens prennent leur part, et toujours des jolis morceaux.

On n'a rien vu d'aussi rusé. Un matin, je me trouvais d'être chez le notaire avec Hector, c'était pour la succession de mon oncle Amédée, je causais près de la fenêtre avec ma cousine Gabrielle. Sur la place, César, le chien à Maufrelat, se chauffait au soleil, couché sur la pierre au pied de la grande croix, et le bouledogue du boucher flânait pas loin de lui. Je me rappelle encore, je dis à ma cousine : « Tiens, voilà César, Béfort ne va pas tarder d'arriver. » Tout d'un coup, César se jette sur le bouledogue, il le roule par terre. Entendant couiner son chien, Belhomme jette un coup d'œil dehors, attrape un gourdin et sort de la boucherie en tirant le portillon derrière lui. Pas plus tôt qu'il a le dos tourné, Béfort, qui se cachait derrière des fagots, traverse la route comme un trait, saute par-dessus le portillon et ressort de la boucherie avec un gigot dans la gueule. Belhomme n'avait rien vu. Il était tout fier d'avoir fait s'ensauver César, qui allait partager le gigot.

Vous pensez, après des coups comme celui-là, si nous, on était dans l'ennui. Et quoi faire ? Battre Béfort, on n'aurait pas pu. Non, même Hector, il n'aurait pas pu. On l'aimait trop. On a essayé de l'attacher, mais il était si malheureux, et nous, on était gêné. Il nous semblait d'être des ingrats. On avait mauvaise conscience. Une journée, c'était déjà trop. On l'a délivré. Et lui, il a continué de faire ses coups avec César, et le monde de venir se plaindre, de réclamer, de nous menacer. A la fin, ce n'était plus tenable. Un jour, au printemps de 24, les Mignard étaient pour marier leur aînée. La veille de la noce, ils étaient dans leurs préparatifs : des viandes, des volailles, vous savez ce que c'est, il y en avait plein la cuisine. On n'a jamais bien su la façon que les choses s'étaient passées, mais ce qui est sûr, c'est que Béfort et César avaient emporté un quartier de mouton et une oie engraissée exprès, qu'on avait tuée du matin. Vous pouvez compter que ce coup-là, ça a fait vilain. Nous autres, on ne savait plus où se mettre. Tout le pays était contre nous. Il fallait donc prendre un parti.

Dans les invités de la noce, il y avait un nommé Ponard, qui tenait un commerce dans la banlieue de Paris. Voyant qu'on se trouvait dans l'embarras, il nous propose d'emmener Béfort avec lui dans sa camionnette. C'est comme ça qu'on s'est séparé du chien. Vous pouvez penser le chagrin qu'on a eu, mais quoi faire de mieux ? Le lendemain de son départ, les Maufrelat trouvaient leur César pendu à un arbre de la route. Béfort l'avait échappé belle.

Un mois se passe, oh ! oui, bien un mois, puisque Xavier Millet commençait de faner dans ses prés de la rivière. Un soir, après souper, on était là, dans la cuisine. Hector se lève, il dit : « Je vais me coucher. » C'était ce qu'il disait toujours quand il était d'aller se coucher. Je faisais ma vaisselle dans le coin du relavoir et votre maman l'essuyait. Je me retourne et je la vois toute pâle, pauvre agneau, qui regardait vers la fenêtre ouverte. Elle crie : « Béfort ! » Et c'était lui. Les deux pattes sur le rebord de la croisée, il passait sa bonne tête et il regardait tout son monde. Il a sauté dans la cuisine. Ah ! j'en pleure encore. Mais comment est-ce qu'il avait fait pour s'en venir tout seul de là-bas ? Comptez : plus de trois cents kilomètres et personne pour lui dire son chemin, et il ne savait pas lire les bornes. Fallait-il que le temps lui ait duré de ceux qu'il aimait.

On était bien un peu inquiet, mais si content qu'on essayait de se rassurer. Maintenant que César était mort, qu'il n'avait plus de compagnon pour lui donner idée, peut-être que Béfort ne penserait plus à faire des coups. Le fait est, pendant près d'une semaine, il est resté tranquille. Ça n'a pas duré. Il a recommencé et pire que jamais. Pensez voir, un jour, on apprend qu'il avait saigné trois poulets aux Poinsot, des gens déjà pas bien commodes. Le lendemain, c'étaient deux canards à la Céleste Reverchon. Vous comprenez, pendant son grand voyage de retour, il avait cherché nourriture et, au plus commode, il s'était mis à tomber dans la volaille d'au long des chemins. A force, n'est-ce pas, il y avait pris goût. Vous pouvez compter que dans le pays, ça a été un joli vacarme. A présent, tous les gens craignaient pour leurs poules, leurs oies, leurs canards. Ils étaient dans tous leurs états, et, au fond, on les comprend bien.

Un après-midi, j'étais en lessive. Béfort était couché près du cuveau, à côté de moi. Hector est entré dans la cour avec Grosbois, le garde-chasse, qui portait le fusil à l'épaule. Il était tout pâle, pauvre Hector. Il a dit : « Béfort, viens ici ! » Le chien a regardé le fusil et, son maître et moi, il nous a regardés avec ses bons yeux. Il avait compris. La tête basse, il s'en est allé près d'Hector, contre lui.

Ensemble avec le garde-chasse, ils sont sortis de la cour. Ils ont descendu le petit pré, le long des pommiers. Je me suis sauvée dans ma cuisine. Quand j'ai entendu les deux coups de fusil, las moi ! j'ai pleuré. Que j'ai donc pleuré.

Pendant bien deux ans, je n'ai pas voulu d'un autre chien dans la maison. J'avais trop de peine de mon Béfort. Un jour, avec votre maman, on était allé à Oussière à bicyclette voir la tante Anna qui n'était pas bien, et c'est cette fois-là que l'oncle Adrien nous a donné Oscar. Ce chien-là, tout de suite que je l'ai vu, il ne m'a pas fait bon effet, mais votre maman, pauvre agneau, j'ai bien compris qu'elle le voulait. C'est elle qui l'a ramené à bicyclette, dans un panier accroché au guidon, vous dire s'il n'était pas grand.

Ce chien-là, on n'en a jamais rien tiré. Blanc et jaune, il n'était pas laid, assez haut sur pattes. La tête plutôt fine, mais un œil qui ne vous parlait pas. Sur vingt lieues de pays, on n'aurait pas pu trouver un feignant pareil. Une vraie cagne qui n'en avait que pour son ventre. On aurait voulu qu'il apprenne à garder les vaches, mais pas moyen. Faire semblant, c'était trop pour lui. Garder la maison non plus, pouvait bien entrer qui voulait, le jour ou la nuit, ce n'était pas l'affaire d'Oscar. Tout ce qui l'occupait, c'était sa pâtée, courailler à plein son content, dormir au soleil, et en hiver au coin du feu. Avec ça, il n'aimait personne, maître ou étranger, jamais d'amitiés, pas seulement un regard. Quand vous l'appeliez, il levait la tête, voir des fois s'il n'était pas question de manger, et tout de suite il se détournait. C'était bien le cas de dire comme on dit : « Pareil au chien à Jean de Nivelle – Qui s'ensauve quand on l'appelle. » Hector avait dans l'idée de s'en défaire, ce chien-là lui portait aux nerfs et il y avait de quoi. On le gardait quand même, les années passaient. Trop vite, elles passaient, les années. Et c'est en 32 que le malheur est tombé sur nous. Un soir, c'était dans l'automne, Hector est rentré, il s'est mis au lit. Depuis un temps, je voyais bien qu'il n'était pas dans son entrain, mais il ne s'avouait pas malade, il avait en tête de finir les semailles. Il s'est mis au lit sans souper, et en huit jours, il nous est mort. Comme disait mon oncle Amédée, être heureux, ce n'est pas bon signe, c'est que le malheur a manqué le coche, il arrivera par le suivant. Vous croiriez que la mort de son maître, Oscar en a eu du chagrin ? Ça ne lui a fait pas plus que rien. De voir qu'il n'avait pas plus de cœur, je lui en voulais.

Deux ans plus tard, un dimanche tantôt, sur le soir, j'étais toute seule à la maison. La nuit commençait à tomber, il était quatre heures de novembre. Oscar dormait là, sous le fourneau. Voilà qu'il arrive dans la cour Dominique le contrebandier, avec une voiture à chiens et Jules la Marmite. Jules, ce n'était rien de bien sérieux : ivrogne, fainéant, travaillant juste quand il en avait besoin, le reste du temps à pêcher à la ligne, traîner les cafés ou bien jouer aux sous. Je me suis laissé dire qu'une fois, il avait perdu cinquante-deux francs dans son après-midi en jouant avec Félicien Roux. Je vous parle d'il y a dix ans. Dominique, lui, n'était pas d'ici, et d'où il était, personne n'en a jamais rien su. Un grand gueusard, il passait à peine sous la porte, avec sa barbe rouge et les yeux toujours en colère. Pensez si j'étais rassurée, moi toute seule, d'avoir ces vauriens-là chez moi. Ils étaient déjà un peu saouls et ils beuglaient dans ma cuisine à vouloir me vendre de la contrebande. Oscar, lui, n'avait pas bougé, et qu'il m'arrive n'importe quoi, ce n'était pas pour le mettre en souci. Je lui en voulais. Dominique en vient justement à me parler de lui. Cette race-là, il dit, c'est tout juste bon à être attelé, et il me propose de l'échanger contre un berger de neuf mois qui renâclait dans les brancards.

Oscar n'a pas bien compris ce qui lui arrivait. J'avais quand même un peu de peine de le laisser aller avec des étrangers. Il faisait presque nuit. Je ne l'ai seulement pas vu partir. Les chiens de l'attelage ont aboyé, Dominique s'est mis à claquer son fouet en jurant et la voiture a pris la route. En sortant d'ici, mes deux moins-que-rien ont commencé de gueuser dans le pays. Après ça, ils s'en sont allés boire chez la Frisée pour en sortir à des point d'heure et dans quel état ! En arrivant vers chez Guillemin, sur les deux, trois heures du matin, Jules était si saoul que Dominique l'a posé sur la voiture. Oscar n'était pas des plus courageux à tirer. Du coup, il a refusé de marcher. Dominique, la colère l'empoigne, il dételle le chien. A coups de manche de fouet, à coups de pied, il se met à lui taper dessus. Un homme saoul n'a plus sa raison et, même en sang-froid, Dominique, il était mauvais. Plus le chien hurlait, plus lui, il était en colère. A la fin, il s'est acharné sur Oscar avec son couteau. Ils l'ont enterré au bord de la route. Bien sûr, ce n'était pas une perte, mais je ne l'avais pas échangé pour qu'on le martyrise.

Le chien que Dominique m'avait laissé en pour, c'était un joli berger noir, des yeux doux, timides, l'air d'un animal habitué à recevoir des coups. Comment il s'appelait, vous le savez, je n'ai pas besoin de vous le dire. Tout de suite qu'il est entré chez nous, il s'y est plu, il nous a aimés. Pas feignant, il s'est mis à son métier de chien. Pour dire les choses, il n'avait pas l'intelligence de Béfort, ni même de Pyrame, et les vaches ne le craignaient guère. Même les autres bêtes n'en avaient pas peur. Les chats se sont toujours bien accordés avec lui et je me rappelle une petite poule blanche qui dormait entre ses pattes. Il n'a jamais eu de méchanceté. Mais je ne vais pas me mettre à vous parler de Finaud, puisque vous le connaissez. Bien sûr qu'il n'est plus ce qu'il a été. Maintenant qu'il va sur quatorze ans, qu'il a le poil tout gris et qu'il a du mal à se traîner, ce n'est plus qu'un vieux. Quand même, il a gardé son caractère qui n'a jamais ressemblé à un autre. Parce que, n'est-ce pas, il y a une chose que bien du monde ne sait pas, c'est qu'il y aurait presque plus de différence entre les chiens qu'entre les gens. Je vous parle de la nature d'en dedans, de ce qui vient du cœur et de la tête.

Allons, vos chaussons sont secs, à présent. Il faut penser à faire vos devoirs. Avant, vous irez au bûcher me chercher du bois et casser des rains pour allumer le feu demain matin.

MARCEL AYMÉ

L'AUTEUR

Né à Joigny dans l'Yonne en 1902, Marcel Aymé a été élevé par ses grands-parents maternels, dans le Jura. L'école ne le passionne guère, il préfère se promener ou lire. Il obtient malgré tout son bac à 17 ans, puis hésite à devenir ingénieur, mais une grave maladie l'empêche de poursuivre ses études. Après son service militaire, il monte à Paris, où il va exercer toutes sortes de métiers : journaliste, manœuvre, camelot… En 1926, son premier roman, *Brûlebois*, le fait connaître. C'est après le succès de *La Jument verte*, en 1933, qu'il peut se consacrer totalement à l'écriture. Le premier recueil des célèbres *Contes du chat perché* est publié en 1934 et *Le Passe-muraille* en 1943. Son ironie, son humour caustique, sa truculence ont fait de Marcel Aymé un écrivain très populaire. Auteur d'une vingtaine de romans, de dizaines de nouvelles, d'essais, de scénarios et de nombreuses pièces de théâtre, il est mort à Paris, en 1967.

TABLE DES MATIÈRES

Découvrez d'autres livres de Marcel Aymé
dans la collection FOLIO **JUNIOR**

LES BOTTES DE SEPT LIEUES
ET AUTRES NOUVELLES
n° 462

LES CONTES BLEUS **DU CHAT PERCHÉ**
n° 433

LES CONTES ROUGES DU CHAT PERCHÉ
n° 434

LE PASSE-MURAILLE ET AUTRES NOUVELLES
n° 1179

Loi nº 49-956 du 16 juillet 1949
sur les publications destinées à la jeunesse
ISBN 978-2-07-062906-0
Nº d'edition : 170640
Dépôt légal: juillet 2009
Imprimé en Espagne
par Novoprint (Barcelone)